Ubu Roi ou les Polonais

Alfred Jarry

Édition et mise en page : Culturea (Hérault, 34)
Retrouvez notre catalogue sur http://culturea.fr/
Contact : infos@culturea.fr
Imprimé en Allemagne par Books on Demand Gmbh
Design typographique et layout : Derek Murphy et Reedsy
ISBN : 9791041959525
Date de parution : février 2024

•••

Restitué en son intégrité tel qu'il a été représenté par les marionnettes du Théâtre des Phynances en 1888.

Ce Livre est dédié à MARCEL SCHWOB

Adonc le Père Ubu
hoscha la poire,
dont fut depuis
nommé par les Anglois
Shakespeare,
et avez de lui sous
ce nom maintes
belles tragoedies par
escript.

PERSONNAGES

Père Ubu
Mère Ubu
Capitaine Bordure
Le Roi Venceslas
La Reine Rosemonde
Boleslas…)
Ladislas…) leurs fils
Bougrelas..)
Le général Lascy
Stanislas Leczinski
Jean Sobieski
Nicolas Rensky
L'Empereur Alexis
Giron…)
Pile…) Palotins
Cotice..)
Conjurés & Soldats
Peuple
Michel Fédérovitch
Nobles
Magistrats
Conseillers
Financiers
Larbins de Phynances
Paysans

Toute l’Armée russe
Toute l’Armée polonaise
Les Gardes de la Mère Ubu
Un Capitaine
L’Ours
Le Cheval à Phynances
La Machine à décerveler
L’Equipage
Le Commandant

Acte Premier

Scène Première

PÈRE UBU, MÈRE UBU

PÈRE UBU

Merdre.

MÈRE UBU

Oh ! voilà du joli, Père Ubu, vous estes un fort grand voyou.

PÈRE UBU

Que ne vous assom'je, Mère Ubu !

MÈRE UBU

Ce n'est pas moi, Père Ubu, c'est un autre qu'il faudrait assassiner.

PÈRE UBU

De par ma chandelle verte, je ne comprends pas.

MÈRE UBU

Comment, Père Ubu, vous estes content de votre sort ?

PÈRE UBU

De par ma chandelle verte, madame, certes oui, je suis content. On le serait à moins : capitaine de dragons, officier de confiance du roi Venceslas, décoré de l'ordre de l'Aigle Rouge de Pologne et ancien roi d'Aragon, que voulez-vous de mieux ?

MÈRE UBU

Comment ! après avoir été roi d'Aragon vous vous contentez de mener aux revues une cinquantaine d'estafiers armés de coupe-choux, quand vous pourriez faire succéder sur votre fiole la couronne de Pologne à celle d'Aragon ?

PÈRE UBU

Ah ! Mère Ubu, je ne comprends rien de ce que tu dis.

MÈRE UBU

Tu es si bête !

PÈRE UBU

De par ma chandelle verte, le roi Venceslas est encore bien vivant : et même en admettant qu'il meure, n'a-t-il pas des légions d'enfants ?

MÈRE UBU

Oui t'empêche de massacrer toute la famille et de te mettre à leur place ?

PÈRE UBU

Ah ! Mère Ubu, vous me faites injure et vous allez passer tout à l'heure par la casserole.

MÈRE UBU

Eh ! pauvre malheureux, si je passais par la casserole, qui te raccommoderait tes fonds de culotte ?

PÈRE UBU

Eh vraiment ! et puis après ? N'ai-je pas un cul comme les autres ?

MÈRE UBU

À ta place, ce cul, je voudrais l'installer sur un trône. Tu pourrais augmenter indéfiniment tes richesses, manger fort souvent de l'andouille et rouler carrosse par les rues.

PÈRE UBU

Si j'étais roi, je me ferais construire une grande capeline comme celle que j'avais en Aragon et que ces gredins d'Espagnols m'ont impudemment volée.

MÈRE UBU

Tu pourrais aussi te procurer un parapluie et un grand caban qui te tomberait sur les talons.

PÈRE UBU

Ah ! je cède à la tentation. Bougre de merdre, merdre de bougre, si jamais je le rencontre au coin d'un bois, il passera un mauvais quart d'heure.

MÈRE UBU

Ah ! bien, Père Ubu, te voilà devenu un véritable homme.

PÈRE UBU

Oh non ! moi, capitaine de dragons, massacrer le roi de Pologne ! plutôt mourir !

MÈRE UBU *(à part)*

Oh ! merdre ! *(Haut)* Ainsi tu vas rester gueux comme un rat, Père Ubu.

PÈRE UBU

Ventrebleu, de par ma chandelle verte, j'aime mieux être gueux comme un maigre et brave rat que riche comme un méchant et gras chat.

MÈRE UBU

Et la capeline ? et le parapluie ? et le grand caban ?

PÈRE UBU

Eh bien, après, Mère Ubu ? *(Il s'en va en claquant la porte.)*

MÈRE UBU *(seule)*

Vrout, merdre, il a été dur à la détente, mais vrout, merdre, je crois pourtant l'avoir ébranlé. Grâce à Dieu et à moi-même, peut-être dans huit jours serai-je reine de Pologne.

Scène II

(La scène représente une chambre de la maison du Père Ubu où une table splendide est dressée.)
PÈRE UBU, MÈRE UBU

MÈRE UBU

Eh ! nos invités sont bien en retard.

PÈRE UBU

Oui, de par ma chandelle verte. Je crève de faim, Mère Ubu, tu es bien laide aujourd'hui. Est-ce parce que nous avons du monde ?

MÈRE UBU *(haussant les épaules)*

Merdre.

PÈRE UBU *(saisissant un poulet rôti)*

Tiens, j'ai faim. Je vais mordre dans cet oiseau. C'est un poulet, je crois. Il n'est pas mauvais.

MÈRE UBU

Que fais-tu, malheureux ? Que mangeront nos invités ?

PÈRE UBU

Ils en auront encore bien assez. Je ne toucherai plus à rien. Mère Ubu, va donc voir à la fenêtre si nos invités arrivent.

MÈRE UBU *(y allant)*

Je ne vois rien. *(Pendant ce temps le Père Ubu dérobe une rouelle de veau.)*

MÈRE UBU

Ah ! voilà le capitaine Bordure et ses partisans qui arrivent. Que manges-tu donc, Père Ubu ?

PÈRE UBU

Rien, un peu de veau.

MÈRE UBU

Ah ! le veau ! le veau ! veau ! Il a mangé le veau ! Au secours !

PÈRE UBU

De par ma chandelle verte, je te vais arracher les yeux.

(La porte s'ouvre.)

Scène III

PÈRE UBU, MÈRE UBU, CAPITAINE BORDURE et ses partisans.

MÈRE UBU

Bonjour, messieurs, nous vous attendons avec impatience. Asseyez-vous.

CAPITAINE BORDURE

Bonjour, madame. Mais où est donc le Père Ubu ?

PÈRE UBU

Me voilà ! me voilà ! Sapristi, de par ma chandelle verte, je suis pourtant assez gros.

CAPITAINE BORDURE

Bonjour, Père Ubu. Asseyez-vous, mes hommes. *(Ils s'asseyent tous.)*

PÈRE UBU

Ouf, un peu plus, j'enfonçais ma chaise.

CAPITAINE BORDURE

Eh ! Mère Ubu ! que nous donnez-vous de bon aujourd'hui ?

MÈRE UBU

Voici le menu.

PÈRE UBU

Oh ! ceci m'intéresse.

MÈRE UBU

Soupe polonaise, côtes de rastron, veau, poulet, pâté de chien, croupions de dinde, charlotte russe…

PÈRE UBU

Eh ! en voilà assez, je suppose. Y en a-t-il encore ?

MÈRE UBU *(continuant)*

Bombe, salade, fruits, dessert, bouilli, topinambours, choux-fleurs à la merdre.

PÈRE UBU

Eh ! me crois-tu empereur d'Orient pour faire de telles dépenses ?

MÈRE UBU

Ne l'écoutez pas, il est imbécile.

PÈRE UBU

Ah ! je vais aiguiser mes dents contre vos mollets.

MÈRE UBU

Dîne plutôt, Père Ubu. Voilà de la polonaise.

PÈRE UBU

Bougre, que c'est mauvais.

CAPITAINE BORDURE

Ce n'est pas bon, en effet.

MÈRE UBU

Tas d'Arabes, que vous faut-il ?

PÈRE UBU *(se frappant le front)*

Oh ! j'ai une idée. Je vais revenir tout à l'heure. *(Il s'en va.)*

MÈRE UBU

Messieurs, nous allons goûter du veau.

CAPITAINE BORDURE

Il est très bon, j'ai fini.

MÈRE UBU

Aux croupions, maintenant.

CAPITAINE BORDURE

Exquis, exquis ! Vive la mère Ubu.

TOUS

Vive la Mère Ubu.

PÈRE UBU *(rentrant)*

Et vous allez bientôt crier vive le Père Ubu. *(Il tient un balai innommable à la main et le lance sur le festin.)*

MÈRE UBU

Misérable, que fais-tu ?

PÈRE UBU

Goûtez un peu. *(Plusieurs goûtent et tombent empoisonnés.)*

PÈRE UBU

Mère Ubu, passe-moi les côtelettes de rastron, que je serve.

MÈRE UBU

Les voici.

PÈRE UBU

À la porte tout le monde ! Capitaine Bordure, j'ai à vous parler.

LES AUTRES

Eh ! nous n'avons pas dîné.

PÈRE UBU

Comment, vous n'avez pas dîné ! À la porte tout le monde ! Restez, Bordure. *(Personne ne bouge.)*

PÈRE UBU

Vous n'êtes pas partis ? De par ma chandelle verte, je vais vous assommer de côtes de rastron. *(Il commence à en jeter.)*

TOUS

Oh ! Aïe ! Au secours ! Défendons-nous ! malheur ! je suis mort !

PÈRE UBU

Merdre, merdre, merdre. À la porte ! je fais mon effet.

TOUS

Sauve qui peut ! Misérable Père Ubu ! traître et gueux voyou !

PÈRE UBU

Ah ! les voilà partis. Je respire, mais j'ai fort mal dîné. Venez, Bordure. *(Ils sortent avec la Mère Ubu.)*

Scène IV

PÈRE UBU, MÈRE UBU, CAPITAINE BORDURE

PÈRE UBU

Eh bien, capitaine, avez-vous bien dîné ?

CAPITAINE BORDURE

Fort bien, monsieur, sauf la merdre.

PÈRE UBU

Eh ! la merdre n'était pas mauvaise.

MÈRE UBU

Chacun son goût.

PÈRE UBU

Capitaine Bordure, je suis décidé à vous faire duc de Lithuanie.

CAPITAINE BORDURE

Comment, je vous croyais fort gueux, Père Ubu.

PÈRE UBU

Dans quelques jours, si vous voulez, je règne en Pologne.

CAPITAINE BORDURE

Vous allez tuer Venceslas ?

PÈRE UBU

Il n'est pas bête, ce bougre, il a deviné.

CAPITAINE BORDURE

S'il s'agit de tuer Venceslas, j'en suis. Je suis son mortel ennemi et je réponds de mes hommes.

PÈRE UBU *(se jetant sur lui pour l'embrasser)*

Oh ! Oh ! je vous aime beaucoup, Bordure.

CAPITAINE BORDURE

Eh ! vous empestez, Père Ubu. Vous ne vous lavez donc jamais ?

PÈRE UBU

Rarement.

MÈRE UBU

Jamais !

PÈRE UBU

Je vais te marcher sur les pieds.

MÈRE UBU

Grosse merdre !

PÈRE UBU

Allez, Bordure, j'en ai fini avec vous. Mais par ma chandelle verte, je jure sur la Mère Ubu de vous faire duc de Lithuanie.

MÈRE UBU

Mais…

PÈRE UBU

Tais-toi, ma douce enfant.
(Ils sortent.)

Scène V

PÈRE UBU, MÈRE UBU, UN MESSAGER

PÈRE UBU

Monsieur, que voulez-vous ? fichez le camp, vous me fatiguez.

LE MESSAGER

Monsieur, vous êtes appelé de par le roi.
(Il sort.)

PÈRE UBU

Oh ! merdre, jarnicotonbleu, de par ma chandelle verte, je suis découvert, je vais être décapité ! hélas ! hélas !

MÈRE UBU
Quel homme mou ! et le temps presse.

PÈRE UBU
Oh ! j'ai une idée : je dirai que c'est la Mère Ubu et Bordure.

MÈRE UBU
Ah ! gros P.U., si tu fais ça…

PÈRE UBU
Eh ! j'y vais de ce pas.
(Il sort.)

MÈRE UBU *(courant après lui)*
Oh ! Père Ubu, Père Ubu, je te donnerai de l'andouille.
(Elle sort.)

PÈRE UBU *(dans la coulisse)*
Oh ! merdre ! tu en es une fière, d'andouille.

Scène VI

Le palais du roi.
LE ROI VENCESLAS, entouré de ses officiers ; BORDURE ; les fils du roi, BOLESLAS, LADISLAS et BOUGRELAS. Puis UBU.

PÈRE UBU *(entrant)*
Oh ! vous savez, ce n'est pas moi, c'est la mère Ubu et Bordure.

LE ROI

Qu'as-tu, Père Ubu ?

BORDURE

Il a trop bu.

LE ROI

Comme moi ce matin.

PÈRE UBU

Oui, je suis saoul, c'est parce que j'ai bu trop de vin de France.

LE ROI

Père Ubu, je tiens à récompenser tes nombreux services comme capitaine de dragons, et je te fais aujourd'hui comte de Sandomir.

PÈRE UBU

Ô monsieur Venceslas, je ne sais comment vous remercier.

LE ROI

Ne me remercie pas, Père Ubu, et trouve-toi demain matin à la grande revue.

PÈRE UBU

J'y serai, mais acceptez, de grâce, ce petit mirliton.
(Il présente au roi un mirliton.)

LE ROI

Que veux-tu à mon âge que je fasse d'un mirliton ? Je le donnerai à Bougrelas.

LE JEUNE BOUGRELAS

Est-il bête, ce Père Ubu.

PÈRE UBU

Et maintenant je vais foutre le camp. *(Il tombe en se retournant.)* Oh ! aïe ! au secours ! De par ma chandelle verte, je me suis rompu l'intestin et crevé la bouzine !

LE ROI *(le relevant)*

Père Ubu, vous estes-vous fait mal ?

PÈRE UBU

Oui certes, et je vais sûrement crever. Que deviendra la Mère Ubu ?

LE ROI

Nous pourvoirons à son entretien.

PÈRE UBU

Vous avez bien de la bonté de reste. *(Il sort.)* Oui, mais, roi Venceslas, tu n'en seras pas moins massacré.

Scène VII

La maison d'Ubu.
GIRON, PILE, COTICE, PÈRE UBU, MÈRE UBU, Conjurés et Soldats, CAPITAINE BORDURE.

PÈRE UBU

Eh ! mes bons amis, il est grand temps d'arrêter le plan de la conspiration. Que chacun donne son avis. Je vais d'abord donner le mien, si vous le permettez.

CAPITAINE BORDURE

Parlez, Père Ubu.

PÈRE UBU

Eh bien, mes amis, je suis d'avis d'empoisonner simplement le roi en lui fourrant de l'arsenic dans son déjeuner. Quand il voudra le brouter il tombera mort, et ainsi je serai roi.

TOUS

Fi, le sagouin !

PÈRE UBU

Eh quoi, cela ne vous plaît pas ? Alors, que Bordure donne son avis.

CAPITAINE BORDURE

Moi, je suis d'avis de lui ficher un grand coup d'épée qui le fendra de la tête à la ceinture.

TOUS

Oui ! voilà qui est noble et vaillant.

PÈRE UBU

Et sil vous donne des coups de pied ? Je me rappelle maintenant qu'il a pour les revues des souliers de fer qui font très mal. Si je savais, je filerais vous dénoncer pour me tirer de cette sale affaire, et je pense qu'il me donnerait aussi de la monnaie.

MÈRE UBU

Oh ! le traître, le lâche, le vilain et plat ladre.

TOUS

Conspuez le Père Ubu !

PÈRE UBU

Hé, messieurs, tenez-vous tranquilles si vous ne voulez visiter mes poches. Enfin je consens à m'exposer pour vous. De la sorte,

Bordure, tu te charges de pourfendre le roi.

CAPITAINE BORDURE

Ne vaudrait il pas mieux nous jeter tous à la fois sur lui en braillant et gueulant ? Nous aurions chance ainsi d'entraîner les troupes.

PÈRE UBU

Alors, voilà. Je tâcherai de lui marcher sur les pieds, il regimbera, alors je lui dirai : Merdre, et à ce signal vous vous jetterez sur lui.

MÈRE UBU

Oui, et dès qu'il sera mort tu prendras son sceptre et sa couronne.

CAPITAINE BORDURE

Et je courrai avec mes hommes à la poursuite de la famille royale.

PÈRE UBU

Oui, et je te recommande spécialement le jeune Bougrelas.

(Ils sortent.)

PÈRE UBU *(courant après et les faisant revenir)*

Messieurs, nous avons oublié une cérémonie indispensable, il faut jurer de nous escrimer vaillamment.

CAPITAINE BORDURE

Et comment faire ? Nous n'avons pas de prêtre.

PÈRE UBU

La Mère Ubu va en tenir lieu.

TOUS

Eh bien, soit.

PÈRE UBU

Ainsi, vous jurez de bien tuer le roi ?

TOUS

Oui, nous le jurons. Vive le Père Ubu !

Fin du premier Acte.

Acte Deuxième

Scène première

Le palais du roi.
VENCESLAS, LA REINE ROSEMONDE, BOLESLAS, LADISLAS et BOUGRELAS.

LE ROI

Monsieur Bougrelas, vous avez été ce matin fort impertinent avec Monsieur Ubu, chevalier de mes ordres et comte de Sandomir. C'est pourquoi je vous défends de paraître à ma revue.

LA REINE

Cependant, Venceslas, vous n'auriez pas trop de toute votre famille pour vous défendre.

LE ROI

Madame, je ne reviens jamais sur ce que j'ai dit. Vous me fatiguez avec vos sornettes.

LE JEUNE BOUGRELAS

Je me soumets, monsieur mon père.

LA REINE

Enfin, sire, êtes-vous toujours décidé à aller à cette revue ?

LE ROI

Pourquoi non, madame ?

LA REINE

Mais, encore une fois, ne l'ai-je pas vu en songe vous frappant de sa masse d'armes et vous jetant dans la Vistule, et un aigle comme celui qui figure dans les armes de Pologne lui plaçant la couronne sur la tête ?

LE ROI

À qui ?

LA REINE

Au Père Ubu.

LE ROI

Quelle folie. Monsieur de Ubu est un fort bon gentilhomme, qui se ferait tirer à quatre chevaux pour mon service.

LA REINE & BOUGRELAS

Quelle erreur.

LE ROI

Taisez-vous, jeune sagouin. Et vous, madame, pour vous prouver combien je crains peu Monsieur Ubu, je vais aller à la revue comme je suis, sans arme et sans épée.

LA REINE

Fatale imprudence, je ne vous reverrai pas vivant.

LE ROI

Venez, Ladislas, venez, Boleslas.

(Ils sortent. La Reine & Bougrelas vont à la fenêtre.)

LA REINE & BOUGRELAS

Que Dieu et le grand saint Nicolas vous gardent.

LA REINE

Bougrelas, venez dans la chapelle avec moi prier pour votre père et vos frères.

Scène II

Le champ des revues.
L'armée polonaise, LE ROI, BOLESLAS, LADISLAS, PÈRE UBU, CAPITAINE BORDURE et ses hommes, GIRON, PILE, COTICE.

LE ROI

Noble Père Ubu, venez près de moi avec votre suite pour inspecter les troupes.

PÈRE UBU *(aux siens)*

Attention, vous autres. *(Au Roi.)* On y va, monsieur, on y va.

(Les hommes d'Ubu entourent le Roi.)

LE ROI

Ah ! voici le régiment des gardes à cheval de Dantzick. Ils sont fort beaux, ma foi.

PÈRE UBU

Vous trouvez ? Ils me paraissent misérables. Regardez celui-ci, *(Au soldat.)* Depuis combien de temps ne t'es-tu débarbouillé, ignoble drôle ?

LE ROI

Mais ce soldat est fort propre. Qu'avez-vous donc, Père Ubu ?

PÈRE UBU

Voilà ! *(Il lui écrase le pied.)*

LE ROI

Misérable !

PÈRE UBU

Merdre. À moi, mes hommes !

BORDURE

Hurrah ! en avant ! *(Tous frappent le Roi, un Palotin explose.)*

LE ROI

Oh ! au secours ! Sainte Vierge, je suis mort.

BOLESLAS *(à Ladislas)*

Qu'est cela ! Dégainons.

PÈRE UBU

Ah ! j'ai la couronne ! Aux autres, maintenant.

CAPITAINE BORDURE

Sus aux traîtres !! *(Les fils du Roi s'enfuient, tous les poursuivent.)*

Scène III

LA REINE et BOUGRELAS

LA REINE

Enfin, je commence à me rassurer.

BOUGRELAS

Vous n'avez aucun sujet de crainte.
(Une effroyable clameur se fait entendre au-dehors.)

BOUGRELAS

Ah ! que vois-je ? Mes deux frères poursuivis par le Père Ubu et ses hommes.

LA REINE

Ô mon Dieu ! Sainte Vierge, ils perdent, ils perdent du terrain !

BOUGRELAS

Toute l'armée suit le Père Ubu. Le Roi n'est plus là. Horreur ! Au secours !

LA REINE

Voilà Boleslas mort ! Il a reçu une balle.

BOUGRELAS

Eh ! *(Ladislas se retourne)* Défends-toi ! Hurrah, Ladislas.

LA REINE

Oh ! Il est entouré.

BOUGRELAS

C'en est fait de lui. Bordure vient de le couper en deux comme une saucisse.

LA REINE

Ah ! Hélas ! Ces furieux pénètrent dans le palais, ils montent l'escalier.

(La clameur augmente.)

LA REINE & BOUGRELAS *(à genoux)*

Mon Dieu, défendez-nous.

BOUGRELAS

Oh ! ce Père Ubu ! le coquin, le misérable, si je le tenais…

Scène IV

LES MÊMES, la porte est défoncée, le PÈRE UBU et les forcenés pénètrent.

PÈRE UBU

Eh ! Bougrelas, que me veux-tu faire ?

BOUGRELAS

Vive Dieu ! je défendrai ma mère jusqu'à la mort ! Le premier qui fait un pas est mort.

PÈRE UBU

Oh ! Bordure, j'ai peur ! laissez-moi m'en aller.

UN SOLDAT *avance*

Rends-toi, Bougrelas !

LE JEUNE BOUGRELAS

Tiens, voyou ! voilà ton compte ! *(Il lui fend le crâne.)*

LA REINE

Tiens bon, Bougrelas, tiens bon !

PLUSIEURS *avancent*

Bougrelas, nous te promettons la vie sauve.

BOUGRELAS

Chenapans, sacs à vins, sagouins payés !
(Il fait le moulinet avec son épée et en fait un massacre.)

PÈRE UBU

Oh ! je vais bien en venir à bout tout de même !

BOUGRELAS

Mère, sauve-toi par l'escalier secret.

LA REINE

Et toi, mon fils, et toi ?

BOUGRELAS

Je te suis.

PÈRE UBU

Tâchez d'attraper la reine. Ah ! la voilà partie. Quant à toi, misérable !…
(Il s'avance vers Bougrelas.)

BOUGRELAS

Ah ! vive Dieu ! voilà ma vengeance ! *(Il lui découd la boudouille d'un terrible coup d'épée.)* Mère, je te suis ! *(Il disparaît par l'escalier secret.)*

Scène V

Une caverne dans les montagnes.
Le jeune BOUGRELAS entre suivi de ROSEMONDE.

BOUGRELAS

Ici nous serons en sûreté.

LA REINE

Oui, je le crois ! Bougrelas, soutiens-moi ! *(Elle tombe sur la neige.)*

BOUGRELAS

Ha ! qu'as-tu, ma mère ?

LA REINE

Je suis bien malade, crois-moi, Bougrelas. Je n'en ai plus que pour deux heures à vivre.

BOUGRELAS

Quoi ! le froid t'aurait-il saisie ?

LA REINE

Comment veux-tu que je résiste à tant de coups ? Le roi massacré, notre famille détruite, et toi, représentant de la plus noble race qui ait jamais porté forcé de t'enfuir dans les montagnes comme un contrebandier.

BOUGRELAS

Et par qui, grand Dieu ! par qui ? Un vulgaire Père Ubu, aventurier sorti on ne sait d'où, vile crapule, vagabond honteux ! Et quand je pense que mon père l'a décoré et fait comte et que le lendemain ce vilain n'a pas eu honte de porter la main sur lui.

LA REINE

Ô Bougrelas ! Quand je me rappelle combien nous étions heureux avant l'arrivée de ce Père Ubu ! Mais maintenant, hélas ! tout est changé !

BOUGRELAS

Que veux-tu ? Abondons avec espérance et ne renonçons jamais à nos droits.

LA REINE

Je te le souhaite, mon cher enfant, mais pour moi je ne verrai pas cet heureux jour.

BOUGRELAS

Eh ! qu'as-tu ? Elle pâlit, elle tombe, au secours !

Mais je suis dans un désert ! Ô mon Dieu ! son cœur ne bat plus. Elle est morte ! Est-ce possible ? Encore une victime du Père Ubu ! *(Il se cache la figure dans les mains et pleure.)* Ô mon Dieu ! qu'il est triste de se voir seul à quatorze ans avec une vengeance terrible à poursuivre ! *(Il tombe en proie au plus violent désespoir.)*

(Pendant ce temps les Ames de Venceslas, de Boleslas, de Ladislas, de Rosemonde entrent dans la grotte, leurs Ancêtres les accompagnent et remplissent la grotte. Le plus vieux s'approche de Bougrelas et le réveille doucement.)

BOUGRELAS

Eh ! que vois-je ? toute ma famille, mes ancêtres... Par quel prodige ?

L'OMBRE

Apprends, Bougrelas, que j'ai été pendant ma vie le seigneur Mathias de Königsberg, le premier roi et le fondateur de la maison. Je te remets le soin de notre vengeance. *(Il lui donne une grande épée.)* Et que cette épée que je te donne n'ait de repos que quand elle aura frappé de mort l'usurpateur.

(Tous disparaissent, et Bougrelas reste seul dans l'attitude de l'extase.)

Scène VI

Le palais du roi.
PÈRE UBU, MÈRE UBU, CAPITAINE BORDURE

PÈRE UBU
Non, je ne veux pas, moi ! Voulez-vous me ruiner pour ces bouffres ?

CAPITAINE BORDURE
Mais enfin, Père Ubu, ne voyez-vous pas que le peuple attend le don de joyeux avènement ?

MÈRE UBU
Si tu ne fais pas distribuer des viandes et de l'or, tu seras renversé d'ici deux heures.

PÈRE UBU
Des viandes, oui ! de l'or, non ! Abattez trois vieux chevaux, c'est bien bon pour de tels sagouins.

MÈRE UBU
Sagouin toi-même ! Qui m'a bâti un animal de cette sorte ?

PÈRE UBU
Encore une fois, je veux m'enrichir, je ne lâcherai pas un sou.

MÈRE UBU

Quand on a entre les mains tous les trésors de la Pologne.

CAPITAINE BORDURE

Oui, je sais qu'il y a dans la chapelle un immense trésor, nous le distribuerons.

PÈRE UBU

Misérable, si tu fais ça !

CAPITAINE BORDURE

Mais, Père Ubu, si tu ne fais pas de distributions le peuple ne voudra pas payer les impôts.

PÈRE UBU

Est-ce bien vrai ?

MÈRE UBU

Oui, oui !

PÈRE UBU

Oh, alors je consens à tout.

Réunissez trois millions, cuisez cent cinquante bœufs et moutons, d'autant plus que j'en aurai aussi !

(Ils sortent.)

Scène VII

La cour du palais pleine de Peuple.
PÈRE UBU couronné, MÈRE UBU, CAPITAINE BORDURE, LARBINS chargés de viande.

PEUPLE

Voilà le Roi ! Vive le Roi ! hurrah !

PÈRE UBU *(jetant de l'or)*

Tenez, voilà pour vous. Ça ne m'amusait guère de vous donner de l'argent mais vous savez, c'est la mère Ubu qui a voulu. Au moins, promettez-moi de bien payer les impôts.

TOUS

Oui, oui !

CAPITAINE BORDURE

Voyez, Mère Ubu, s'ils se disputent cet or. Quelle bataille.

MÈRE UBU

Il est vrai que c'est horrible. Pouah ! en voilà un qui a le crâne fendu.

PÈRE UBU

Quel beau spectacle ! Amenez d'autres caisses d'or.

CAPITAINE BORDURE

Si nous faisions une course.

PÈRE UBU

Oui, c'est une idée. *(Au Peuple.)* Mes amis, vous voyez cette caisse d'or, elle contient trois cent mille nobles à la rose en or, en monnaie polonaise et de bon aloi. Que ceux qui veulent courir se mettent au bout de la cour. Vous partirez quand j'agiterai mon mouchoir et le premier arrivé aura la caisse. Quant à ceux qui ne gagneront pas, ils auront comme consolation cette autre caisse qu'on leur partagera.

TOUS

Oui ! Vive le Père Ubu ! Quel bon roi ! On n'en voyait pas tant du temps de Venceslas.

PÈRE UBU *(à la Mère Ubu, avec joie)*

Écoute-les ! *(Tout le peuple va se ranger au bout de la cour.)*

PÈRE UBU

Une, deux, trois ! Y êtes-vous ?

TOUS

Oui ! oui !

PÈRE UBU

Partez ! *(Ils partent en se culbutant. Cris et tumulte.)*

CAPITAINE BORDURE

Ils approchent ! ils approchent !

PÈRE UBU

Eh ! le premier perd du terrain.

MÈRE UBU

Non, il regagne maintenant.

CAPITAINE BORDURE

Oh ! il perd, il perd ! fini ! c'est l'autre ! *(Celui qui était deuxième arrive le premier.)*

TOUS

Vive Michel Fédérovitch ! Vive Michel Fédérovitch !

MICHEL FÉDÉROVITCH

Sire, je ne sais vraiment comment remercier Votre Majesté…

PÈRE UBU

Oh ! mon cher ami, ce n'est rien. Emporte ta caisse chez toi,

Michel ; et vous, partagez-vous cette autre, prenez une pièce chacun jusqu'à ce qu'il n'y en ait plus.

TOUS

Vive Michel Fédérovitch ! Vive le Père Ubu !

PÈRE UBU

Et vous, mes amis, venez dîner ! Je vous ouvre aujourd'hui les portes du palais, veuillez faire honneur à ma table !

PEUPLE

Entrons ! Entrons ! Vive le Père Ubu ! c'est le plus noble des souverains !

(Ils entrent dans le palais. On entend le bruit de l'orgie qui se prolonge jusqu'au lendemain. La toile tombe.)

Fin du deuxième Acte.

Acte Troisième

Scène Première

Le palais.
PÈRE UBU, MÈRE UBU.

PÈRE UBU

De par ma chandelle verte, me voici roi dans ce pays. Je me suis déjà flanqué une indigestion et on va m'apporter ma grande capeline.

MÈRE UBU

En quoi est-elle, Père Ubu ? car nous avons beau être rois, il faut être économes.

PÈRE UBU

Madame ma femelle, elle est en peau de mouton avec une agrafe et des brides en peau de chien.

MÈRE UBU

Voilà qui est beau, mais il est encore plus beau d'être rois.

PÈRE UBU

Oui, tu as eu raison, Mère Ubu.

MÈRE UBU

Nous avons une grande reconnaissance au duc de Lithuanie.

PÈRE UBU

Qui donc ?

MÈRE UBU

Eh ! le capitaine Bordure.

PÈRE UBU

De grâce, Mère Ubu, ne me parle pas de ce bouffre. Maintenant que je n'ai plus besoin de lui il peut bien se brosser le ventre, il n'aura point son duché.

MÈRE UBU

Tu as grand tort, Père Ubu, il va se tourner contre toi.

PÈRE UBU

Oh ! je le plains bien, ce petit homme, je m'en soucie autant que de Bougrelas.

MÈRE UBU

Eh ! crois-tu en avoir fini avec Bougrelas ?

PÈRE UBU

Sabre à finances, évidemment ! que veux-tu qu'il me fasse, ce petit sagouin de quatorze ans ?

MÈRE UBU

Père Ubu, fais attention à ce que je te dis. Crois-moi, tâche de t'attacher Bougrelas par tes bienfaits.

PÈRE UBU

Encore de l'argent à donner. Ah ! non, du coup ! vous m'avez fait gâcher bien vingt-deux millions.

MÈRE UBU

Fais à ta tête, Père Ubu, il t'en cuira.

PÈRE UBU

Eh bien, tu seras avec moi dans la marmite.

MÈRE UBU

Écoute, encore une fois, je suis sûre que le jeune Bougrelas l'emportera, car il a pour lui le bon droit.

PÈRE UBU

Ah ! saleté ! le mauvais droit ne vaut-il pas le bon ? Ah ! tu m'injuries, Mère Ubu, je vais te mettre en morceaux. *(La Mère Ubu se sauve poursuivie par Ubu.)*

Scène II

La grande salle du palais.
PÈRE UBU, MÈRE UBU, OFFICIERS et SOLDATS, GIRON, PILE, COTICE, NOBLES enchaînés, FINANCIERS, MAGISTRATS, GREFFIERS.

PÈRE UBU

Apportez la caisse à Nobles et le crochet à Nobles et le couteau à Nobles et le bouquin à Nobles ! ensuite, faites avancer les Nobles.

(On pousse brutalement les Nobles.)

MÈRE UBU

De grâce, modère-toi, Père Ubu.

PÈRE UBU

J'ai l'honneur de vous annoncer que pour enrichir le royaume je vais faire périr tous les Nobles et prendre leurs biens.

NOBLES

Horreur ! à nous, peuple et soldats !

PÈRE UBU

Amenez le premier Noble et passez-moi le crochet à Nobles. Ceux qui seront condamnés à mort, je les passerai dans la trappe, ils tomberont dans les sous-sols du Pince-Porc et de la Chambre-à-Sous, où on les décervelera. — *(Au Noble.)* Qui es-tu, bouffre ?

LE NOBLE

Comte de Vitepsk.

PÈRE UBU

De combien sont tes revenus ?

LE NOBLE

Trois millions de rixdales.

PÈRE UBU

Condamné ! *(Il le prend avec le crochet et le passe dans le trou.)*

MÈRE UBU

Quelle basse férocité !

PÈRE UBU

Second Noble, qui es-tu ? *(Le Noble ne répond rien.)* Répondras-tu, bouffre ?

LE NOBLE

Grand-duc de Posen.

PÈRE UBU

Excellent ! excellent ! Je n'en demande pas plus long. Dans la trappe. Troisième Noble, qui es-tu ? tu as une sale tête.

LE NOBLE

Duc de Courlande, des villes de Riga, de Revel et de Mitau.

PÈRE UBU

Très bien ! très bien ! Tu n'as rien autre chose ?

LE NOBLE

Rien.

PÈRE UBU

Dans la trappe, alors. Quatrième Noble, qui es-tu ?

LE NOBLE

Prince de Podolie.

PÈRE UBU

Quels sont tes revenus ?

LE NOBLE

Je suis ruiné.

PÈRE UBU

Pour cette mauvaise parole, passe dans la trappe. Cinquième noble, qui es-tu ?

LE NOBLE

Margrave de Thorn, palatin de Polock.

PÈRE UBU

Ça n'est pas lourd. Tu n'as rien autre chose ?

LE NOBLE

Cela me suffisait.

PÈRE UBU

Eh bien ! mieux vaut peu que rien. Dans la trappe. Qu'as-tu à pigner, Mère Ubu ?

MÈRE UBU

Tu es trop féroce, Père Ubu.

PÈRE UBU

Eh ! je m'enrichis. Je vais faire lire ma liste de mes biens.
Greffier, lisez ma liste de mes biens.

LE GREFFIER

Comté de Sandomir.

PÈRE UBU

Commence par les principautés, stupide bougre !

LE GREFFIER

Principauté de Podolie, grand-duché de Posen, duché de Courlande, comté de Sandomir, comté de Vitepsk, palatinat de Polock, margraviat de Thorn.

PÈRE UBU

Et puis après ?

LE GREFFIER

C'est tout.

PÈRE UBU

Comment, c'est tout ! Oh bien alors, en avant les Nobles, et comme je ne finirai pas de m'enrichir je vais faire exécuter tous les Nobles, et ainsi j'aurai tous les biens vacants. Allez, passez les Nobles dans la trappe. *(On empile les Nobles dans la trappe.)* Dépêchez-vous plus vite, je veux faire des lois maintenant.

PLUSIEURS

On va voir ça.

PÈRE UBU

Je vais d'abord réformer la justice, après quoi nous procéderons aux finances.

PLUSIEURS MAGISTRATS

Nous nous opposons à tout changement.

PÈRE UBU

Merdre. D'abord les magistrats ne seront plus payés.

MAGISTRATS

Et de quoi vivrons-nous ? Nous sommes pauvres.

PÈRE UBU

Vous aurez les amendes que vous prononcerez et les biens des condamnés à mort.

UN MAGISTRAT

Horreur.

DEUXIÈME

Infamie.

TROISIÈME

Scandale.

QUATRIÈME

Indignité.

TOUS

Nous nous refusons à juger dans des conditions pareilles.

PÈRE UBU

À la trappe les magistrats ! *(Ils se débattent en vain.)*

MÈRE UBU

Eh ! que fais-tu, Père Ubu ? Qui rendra maintenant la justice ?

PÈRE UBU

Tiens ! moi. Tu verras comme ça marchera bien.

MÈRE UBU

Oui, ce sera du propre.

PÈRE UBU

Allons, tais-toi, bouffresque. Nous allons maintenant, messieurs, procéder aux finances.

FINANCIERS

Il n'y a rien à changer.

PÈRE UBU

Comment, je veux tout changer, moi. D'abord je veux garder pour moi la moitié des impôts.

FINANCIERS

Pas gêné.

PÈRE UBU

Messieurs, nous établirons un impôt de dix pour cent sur la

propriété, un autre sur le commerce et l'industrie, et un troisième sur les mariages et un quatrième fur les décès, de quinze francs chacun.

PREMIER FINANCIER

Mais c'est idiot, Père Ubu.

DEUXIÈME FINANCIER

C'est absurde.

TROISIÈME FINANCIER

Ça n'a ni queue ni tête.

PÈRE UBU

Vous vous fichez de moi ! Dans la trappe les financiers ! *(On enfourne les financiers.)*

MÈRE UBU

Mais enfin, Père Ubu, quel roi tu fais, tu massacres tout le monde.

PÈRE UBU

Eh merdre !

MÈRE UBU

Plus de justice, plus de finances.

PÈRE UBU

Ne crains rien, ma douce enfant, j'irai moi-même de village en village recueillir les impôts.

Scène III

Une maison de paysans dans les environs de Varsovie. PLUSIEURS PAYSANS sont assemblés.

UN PAYSAN *(entrant)*

Apprenez la grande nouvelle. Le roi est mort, les ducs aussi et le jeune Bougrelas s'est sauvé avec sa mère dans les montagnes. De plus, le Père Ubu s'est emparé du trône.

UN AUTRE

J'en sais bien d'autres. Je viens de Cracovie, où j'ai vu emporter les corps de plus de trois cents nobles et de cinq cents magistrats qu'on a tués, et il paraît qu'on va doubler les impôts et que le Père Ubu viendra les ramasser lui-même.

TOUS

Grand Dieu ! qu'allons-nous devenir ? le Père Ubu est un affreux sagouin et sa famille est, dit-on, abominable.

UN PAYSAN

Mais, écoutez : ne dirait-on pas qu'on frappe à la porte ?

UNE VOIX (au-dehors)

Cornegidouille ! Ouvrez, de par ma merdre, par saint Jean, saint Pierre et saint Nicolas ! ouvrez, sabre à finances, corne finances, je viens chercher les impôts ! *(La porte est défoncée, Ubu pénètre suivi d'une légion de Grippe-Sous.)*

Scène IV

PÈRE UBU

Qui de vous est le plus vieux ? *(Un paysan s'avance.)* Comment te nommes-tu ?

LE PAYSAN

Stanislas Leczinski.

PÈRE UBU

Eh bien, cornegidouille, écoute-moi bien, sinon ces messieurs te couperont les oneilles. Mais, vas-tu m'écouter enfin ?

STANISLAS

Mais Votre Excellence n'a encore rien dit.

PÈRE UBU

Comment, je parle depuis une heure. Crois-tu que ji vienne ici pour prêcher dans le désert ?

STANISLAS

Loin de moi cette pensée.

PÈRE UBU

Je viens donc te dire, t'ordonner et te signifier que tu aies à produire et exhiber promptement ta finance, sinon tu seras massacré. Allons, messeigneurs les salopins de finance, voiturez ici le voiturin à phynances. *(On apporte le voiturin.)*

STANISLAS

Sire, nous ne sommes inscrits sur le registre que pour cent cinquante-deux rixdales que nous avons déjà payées, il y aura tantôt six semaines à la Saint Mathieu.

PÈRE UBU

C'est fort possible, mais j'ai changé le gouvernement et j'ai fait mettre dans le journal qu'on paierait deux fois tous les impôts et trois fois ceux qui pourront être désignés ultérieurement. Avec ce système j'aurai vite fait fortune, alors je tuerai tout le monde et je m'en irai.

PAYSANS

Monsieur Ubu, de grâce, ayez pitié de nous. Nous sommes de pauvres citoyens.

PÈRE UBU

Je m'en fiche. Payez.

PAYSANS

Nous ne pouvons, nous avons payé.

PÈRE UBU

Payez ! ou je vous mets dans ma poche avec supplice et décollation du cou et de la tête ! Cornegidouille, je suis le roi peut-être !

TOUS

Ah, c'est ainsi ! Aux armes ! Vive Bougrelas, par la grâce de Dieu roi de Pologne et de Lithuanie !

PÈRE UBU

En avant, messieurs des Finances, faites votre devoir.

(Une lutte s'engage, la maison est détruite et le vieux Stanislas s'enfuit seul à travers la plaine. Ubu reste à ramasser la finance.)

Scène V

Une casemate des fortifications de Thorn.
BORDURE enchaîné, PÈRE UBU.

PÈRE UBU

Ah ! citoyen, voilà ce que c'est, tu as voulu que je te paye ce que je te devais, alors tu t'es révolté parce que je n'ai pas voulu, tu as conspiré et te voilà coffré. Cornefinance, c'est bien fait et le tour est si bien joué que tu dois toi-même le trouver fort à ton goût.

BORDURE

Prenez garde, Père Ubu. Depuis cinq jours que vous êtes roi, vous avez commis plus de meurtres qu'il n'en faudrait pour damner tous les saints du Paradis. Le sang du roi et des nobles crie vengeance et ses cris seront entendus.

PÈRE UBU

Eh ! mon bel ami, vous avez la langue fort bien pendue. Je ne doute pas que si vous vous échappiez il en pourrait résulter des complications, mais je ne crois pas que les casemates de Thorn aient jamais lâché quelqu'un des honnêtes garçons qu'on leur avait confiés. C'est pourquoi, bonne nuit, et je vous invite à dormir sur les deux oneilles, bien que les rats dansent ici une assez belle sarabande.
(Il sort. Les Larbins viennent verrouiller toutes les portes.)

Scène VI

Le palais de Moscou.

L'EMPEREUR ALEXIS et sa Cour, BORDURE.

LE CZAR ALEXIS

C'est vous, infâme aventurier, qui avez coopéré à la mort de notre cousin Venceslas ?

BORDURE

Sire, pardonnez-moi, j'ai été entraîné malgré moi par le Père Ubu.

ALEXIS

Oh ! l'affreux menteur. Enfin, que désirez-vous ?

BORDURE

Le Père Ubu m'a fait emprisonner sous prétexte de conspiration, je suis parvenu à m'échapper et j'ai couru cinq jours et cinq nuits à cheval à travers les steppes pour venir implorer Votre gracieuse miséricorde.

ALEXIS

Que m'apportes-tu comme gage de ta soumission ?

BORDURE

Mon épée d'aventurier et un plan détaillé de la ville de Thorn.

ALEXIS

Je prends l'épée, mais par Saint Georges, brûlez ce plan, je ne veux pas devoir ma victoire à une trahison.

BORDURE

Un des fils de Venceslas, le jeune Bougrelas, est encore vivant, je ferai tout pour le rétablir.

ALEXIS

Quel grade avais-tu dans l'armée polonaise ?

BORDURE

Je commandais le 5e régiment des dragons de Wilna et une compagnie franche au service du Père Ubu.

ALEXIS

C'est bien, je te nomme sous-lieutenant au 10e régiment de Cosaques, et gare à toi si tu trahis. Si tu te bats bien, tu seras récompensé.

BORDURE

Ce n'est pas le courage qui me manque, Sire.

ALEXIS

C'est bien, disparais de ma présence.
(Il sort.)

Scène VII

La salle du Conseil d'Ubu.
PÈRE UBU, MÈRE UBU, CONSEILLERS DE PHYNANCES.

PÈRE UBU

Messieurs, la séance est ouverte et tâchez de bien écouter et de vous tenir tranquilles. D'abord, nous allons faire le chapitre des finances, ensuite nous parlerons d'un petit système que j'ai imaginé pour faire venir le beau temps et conjurer la pluie.

UN CONSEILLER

Fort bien, monsieur Ubu.

MÈRE UBU

Quel sot homme.

PÈRE UBU

Madame de ma merdre, garde à vous, car je ne souffrirai pas vos sottises. Je vous disais donc, messieurs, que les finances vont passablement. Un nombre considérable de chiens à bas de laine se répand chaque matin dans les rues et les salopins font merveille. De tous côtés on ne voit que des maisons brûlées et des gens pliant sous le poids de nos phynances.

LE CONSEILLER

Et les nouveaux impôts, monsieur Ubu, vont-ils bien ?

MÈRE UBU

Point du tout. L'impôt sur les mariages n'a encore produit que 11 sous, et encore le Père Ubu poursuit les gens partout pour les forcer à se marier.

PÈRE UBU

Sabre à finances, corne de ma gidouille, madame la financière, j'ai des oneilles pour parler et vous une bouche pour m'entendre. *(Éclats de rire.)* Ou plutôt non ! Vous me faites tromper et vous êtes cause que je suis bête ! Mais, corne d'Ubu ! *(Un Messager entre.)* Allons, bon, qu'a-t-il encore celui-là ? Va-t'en, sagouin, ou je te poche avec décollation et torsion des jambes.

MÈRE UBU

Ah ! le voilà dehors, mais il y a une lettre.

PÈRE UBU

Lis-la. Je crois que je perds l'esprit ou que je ne sais pas lire. Dépêche-toi, bouffresque, ce doit être de Bordure.

MÈRE UBU

Tout justement. Il dit que le czar l'a accueilli très bien, qu'il va envahir tes États pour rétablir Bougrelas et que toi tu seras tué.

PÈRE UBU

Ho ! ho ! J'ai peur ! J'ai peur ! Ha ! je pense mourir. Ô pauvre homme que je suis. Que devenir, grand Dieu ? Ce méchant homme va me tuer, Saint Antoine et tous les saints, protégez-moi, je vous donnerai de la phynance et je brûlerai des cierges pour vous. Seigneur, que devenir ? *(Il pleure et sanglote.)*

MÈRE UBU

Il n'y a qu'un parti à prendre, Père Ubu.

PÈRE UBU

Lequel, mon amour ?

MÈRE UBU

La guerre !!

TOUS

Vive Dieu ! Voilà qui est noble !

PÈRE UBU

Oui, et je recevrai encore des coups.

PREMIER CONSEILLER

Courons, courons organiser l'armée.

DEUXIÈME

Et réunir les vivres.

TROISIÈME

Et préparer l'artillerie et les forteresses.

QUATRIÈME

Et prendre l'argent pour les troupes.

PÈRE UBU

Ah ! non, par exemple ! Je vais te tuer, toi, je ne veux pas donner d'argent. En voilà d'une autre ! J'étais payé pour faire la guerre et maintenant il faut la faire à mes dépens. Non, de par ma chandelle verte, faisons la guerre, puisque vous en êtes enragés, mais ne déboursons pas un sou.

TOUS

Vive la guerre !

Scène VIII

Le camp sous Varsovie.

SOLDATS ET PALOTINS

Vive la Pologne ! Vive le Père Ubu !

PÈRE UBU

Ah ! Mère Ubu, donne-moi ma cuirasse et mon petit bout de bois. Je vais être bientôt tellement chargé que je ne saurais marcher si j'étais poursuivi.

MÈRE UBU

Fi, le lâche.

PÈRE UBU

Ah ! voilà le sabre à merdre qui se sauve et le croc à finances qui ne tient pas !!! Je n'en finirai jamais, et les Russes avancent et vont me tuer.

UN SOLDAT

Seigneur Ubu, voilà le ciseau à oneilles qui tombe.

PÈRE UBU

Ji tou tue au moyen du croc à merdre et du couteau à figure.

MÈRE UBU

Comme il est beau avec son casque et sa cuirasse, on dirait une citrouille armée.

PÈRE UBU

Ah ! maintenant je vais monter à cheval. Amenez, messieurs, le cheval à phynances.

MÈRE UBU

Père Ubu, ton cheval ne saurait plus te porter, il n'a rien mangé depuis cinq jours et est presque mort.

PÈRE UBU

Elle est bonne celle-là ! On me fait payer 12 sous par jour pour cette rosse et elle ne me peut porter. Vous vous fichez, corne d'Ubu, ou bien si vous me volez ? *(La Mère Ubu rougit et baisse les yeux.)* Alors, que l'on m'apporte une autre bête, mais je n'irai pas à pied, cornegidouille !

(On amène un énorme cheval.)

PÈRE UBU

Je vais monter dessus. Oh ! assis plutôt ! car je vais tomber. *(Le cheval part.)* Ah ! arrêtez ma bête. Grand Dieu, je vais tomber et être mort !!!

MÈRE UBU

Il est vraiment imbécile. Ah ! le voilà relevé. Mais il est tombé par terre.

PÈRE UBU

Corne physique, je suis à moitié mort ! Mais c'est égal, je pars en guerre et je tuerai tout le monde. Gare à qui ne marchera pas droit. Ji lon mets dans ma poche avec torsion du nez et des dents et extraction de la langue.

MÈRE UBU

Bonne chance, monsieur Ubu.

PÈRE UBU

J'oubliais de te dire que je te confie la régence. Mais j'ai sur moi le livre des finances, tant pis pour toi si tu me voles. Je te laisse pour t'aider le Palotin Giron. Adieu, Mère Ubu.

MÈRE UBU

Adieu, Père Ubu. Tue bien le czar.

PÈRE UBU

Pour sûr. Torsion du nez et des dents, extraction de la langue et enfoncement du petit bout de bois dans les oneilles.

(L'armée s'éloigne au bruit des fanfares.)

MÈRE UBU *(seule)*

Maintenant que ce gros pantin est parti, tâchons de faire nos affaires, tuer Bougrelas et nous emparer du trésor.

Fin du Troisième Acte.

Acte Quatrième

Scène Première

La crypte des anciens rois de Pologne dans la cathédrale de Varsovie.

MÈRE UBU

Où donc est ce trésor ? Aucune dalle ne sonne creux. J'ai pourtant bien compté treize pierres après le tombeau de Ladislas le Grand en allant le long du mur, et il n'y a rien. Il faut qu'on m'ait trompée. Voilà cependant : ici la pierre sonne creux. À l'œuvre, Mère Ubu. Courage, descellons cette pierre. Elle tient bon. Prenons ce bout de croc à finances qui fera encore son office. Voilà ! Voilà l'or au milieu des ossements des rois. Dans notre sac, alors, tout ! Eh ! quel est ce bruit ? Dans ces vieilles voûtes y aurait-il encore des vivants ? Non, ce n'est rien, hâtons-nous. Prenons tout. Cet argent sera mieux à la face du jour qu'au milieu des tombeaux des anciens princes. Remettons la pierre. Eh quoi ! toujours ce bruit. Ma présence en ces lieux me cause une étrange frayeur. Je prendrai le reste de cet or une autre fois, je reviendrai demain.

UNE VOIX *(sortant du tombeau de Jean Sigismond)*

Jamais, Mère Ubu !

(La Mère Ubu se sauve affolée emportant l'or volé par la porte secrète.)

Scène II

La place de Varsovie.
BOUGRELAS et SES PARTISANS, PEUPLE et SOLDATS.

BOUGRELAS

En avant, mes amis ! Vive Venceslas et la Pologne ! le vieux gredin de Père Ubu est parti, il ne reste plus que la sorcière de Mère Ubu avec son Palotin. Je m'offre à marcher à votre tête et à rétablir la race de mes pères.

TOUS

Vive Bougrelas !

BOUGRELAS

Et nous supprimerons tous les impôts établis par l'affreux Père Ub.

TOUS

Hurrah ! en avant ! Courons au palais et massacrons cette engeance.

BOUGRELAS

Eh ! voilà la Mère Ubu qui sort avec ses gardes sur le perron !

MÈRE UBU

Que voulez-vous, messieurs ? Ah ! c'est Bougrelas.

(La foule lance des pierres.)

PREMIER GARDE

Tous les carreaux sont cassés.

DEUXIÈME GARDE

Saint Georges, me voilà assommé.

TROISIÈME GARDE

Cornebleu, je meurs.

BOUGRELAS

Lancez des pierres, mes amis.

LE PALOTIN GIRON

Hon ! C'est ainsi ! *(Il dégaîne et se précipite faisant un carnage épouvantable.)*

BOUGRELAS

À nous deux ! Défends-toi, lâche pistolet.

(Ils se battent.)

GIRON

Je suis mort !

BOUGRELAS

Victoire, mes amis ! Sus à la Mère Ubu !

(On entend des trompettes.)

BOUGRELAS

Ah ! voilà les Nobles qui arrivent. Courons, attrapons la mauvaise harpie !

TOUS

En attendant que nous étranglions le vieux bandit !

(La Mère Ubu se sauve poursuivie par tous les Polonais. Coups de fusil et grêle de pierres.)

Scène III

L'armée polonaise en marche dans l'Ukraine.

PÈRE UBU

Cornebleu, jambedieu, tête de vache ! nous allons périr, car nous mourons de soif et sommes fatigué. Sire Soldat, ayez l'obligeance de porter notre casque à finances, et vous, sire Lancier, chargez-vous du ciseau à merdre et du bâton à physique pour soulager notre personne, car, je le répète, nous sommes fatigué.

(Les soldats obéissent.)

PILE

Hon ! Monsieuye ! il est étonnant que les Russes n'apparaissent point.

PÈRE UBU

Il est regrettable que l'état de nos finances ne nous permette pas d'avoir une voiture à notre taille ; car, par crainte de démolir notre monture, nous avons fait tout le chemin à pied, traînant notre cheval par la bride. Mais quand nous serons de retour en Pologne, nous imaginerons, au moyen de notre science en physique et aidé des lumières de nos conseillers, une voiture à vent pour transporter toute l'armée.

COTICE

Voilà Nicolas Rensky qui se précipite.

PÈRE UBU

Et qu'a-t-il, ce garçon ?

RENSKY

Tout est perdu, Sire, les Polonais sont révoltés. Giron est tué et la Mère Ubu est en fuite dans les montagnes.

PÈRE UBU

Oiseau de nuit, bête de malheur, hibou à guêtres ! Où as-tu péché ces sornettes ? En voilà d'une autre ! Et qui a fait ça ? Bougrelas, je parie. D'où viens-tu ?

RENSKY

De Varsovie, noble Seigneur.

PÈRE UBU

Garçon de ma merdre, si je t'en croyais je ferais rebrousser chemin à toute l'armée. Mais, seigneur garçon, il y a sur tes épaules plus de plumes que de cervelle et tu as rêvé des sottises. Va aux avant-postes mon garçon, les Russes ne sont pas loin et nous aurons bientôt à estocader de nos armes, tant à merdre qu'à phynances et à physique.

LE GÉNÉRAL LASCY

Père Ubu, ne voyez-vous pas dans la plaine les Russes ?

PÈRE UBU

C'est vrai, les Russes ! Me voilà joli. Si encore il y avait moyen de s'en aller, mais pas du tout, nous sommes sur une hauteur et nous serons en butte à tous les coups.

L'ARMÉE

Les Russes ! L'ennemi !

PÈRE UBU

Allons, messieurs, prenons nos dispositions pour la bataille. Nous allons rester sur la colline et ne commettrons point la sottise de descendre en bas. Je me tiendrai au milieu comme une citadelle vivante et vous autres graviterez autour de moi. J'ai à vous recommander de mettre dans les fusils autant de balles qu'ils en pourront tenir, car 8 balles peuvent tuer 8 Russes et c'est autant que je n'aurai pas sur le dos. Nous mettrons les fantassins à pied au bas de la colline pour recevoir les Russes et les tuer un peu, les cavaliers derrière pour se jeter dans la confusion, et l'artillerie autour du moulin à vent ici présent pour tirer dans le tas. Quant à nous, nous nous tiendrons dans le moulin à vent et tirerons avec le pistolet à phynances par la fenêtre, en travers de la porte nous placerons le bâton à physique, et si quelqu'un essaye d'entrer, gare au croc à merdre !!!

OFFICIERS

Vos ordres, Sire Ubu, seront exécutés.

PÈRE UBU

Eh cela va bien, nous serons vainqueurs. Quelle heure est-il ?

LE GÉNÉRAL LASCY

Onze heures du matin.

PÈRE UBU

Alors, nous allons dîner, car les Russes n'attaqueront pas avant midi. Dites aux soldats, Seigneur Général, de faire leurs besoins et d'entonner la Chanson à Finances.

(Lasky s'en va.)

SOLDATS ET PALOTINS

Vive le Père Ubu, notre grand Financier ! Ting, ting, ting, ting, ting, ting, ting, ting, tating !

PÈRE UBU

Ô les braves gens, je les adore. *(Un boulet russe arrive et casse l'aile du moulin.)* Ah ! j'ai peur, Sire Dieu, je suis mort ! et cependant non, je n'ai rien.

Scène IV

LES MÊMES, UN CAPITAINE, puis L'ARMÉE RUSSE.

UN CAPITAINE *(arrivant)*

Sire Ubu, les Russes attaquent.

PÈRE UBU

Eh bien, après, que veux-tu que j'y fasse ? ce n'est pas moi qui le leur ai dit. Cependant, Messieurs des Finances, préparons-nous au combat.

LE GÉNÉRAL LASCY

Un second boulet.

PÈRE UBU

Ah ! je n'y tiens plus. Ici il pleut du plomb et du fer et nous pourrions endommager notre précieuse personne. Descendons. *(Tous descendent au pas de course. La bataille vient de s'engager. Ils disparaissent dans des torrents de fumée au pied de la colline.)*

UN RUSSE *(frappant)*

Pour Dieu et le Czar !

RENSKY

Ah ! je suis mort.

PÈRE UBU

En avant ! Ah, toi, Monsieur, que je t'attrape, car tu m'as fait mal, entends-tu ? sac à vin ! avec ton flingot qui ne part pas.

LE RUSSE

Ah ! voyez-vous ça. *(Il lui tire un coup de revolver.)*

PÈRE UBU

Ah ! Oh ! Je suis blessé, je suis troué, je suis perforé, je suis administré, je suis enterré. Oh, mais tout de même ! Ah ! je le tiens, *(Il le déchire.)* Tiens ! recommenceras-tu, maintenant !

LE GÉNÉRAL LASCY

En avant, poussons vigoureusement, passons le fossé. La victoire est à nous

PÈRE UBU

Tu crois ? Jusqu'ici je sens sur mon front plus de bosses que de lauriers.

CAVALIERS RUSSES

Hurrah ! Place au Czar !

(Le Czar arrive accompagné de Bordure déguisé.)

UN POLONAIS

Ah ! Seigneur ! Sauve qui peut, voilà le Czar !

UN AUTRE

Ah ! mon Dieu ! il passe le fossé.

UN AUTRE

Pif ! Paf ! en voilà quatre d'assommés par ce grand bougre de lieutenant.

BORDURE

Ah ! vous n'avez pas fini, vous autres ! Tiens, Jean Sobiesky, voilà ton compte. *(Il l'assomme.)* À d'autres, maintenant ! *(Il fait un massacre de Polonais.)*

PÈRE UBU

En avant, mes amis ! Attrapez ce bélître ! En compote les Moscovites ! La victoire est à nous. Vive l'Aigle Rouge !

TOUS

En avant ! Hurrah ! Jambedieu ! Attrapez le grand bougre.

BORDURE

Par saint Georges, je suis tombé.

PÈRE UBU *(le reconnaissant)*

Ah ! c'est toi, Bordure ! Ah ! mon ami. Nous sommes bien heureux ainsi que toute la compagnie de te retrouver. Je vais te faire cuire à petit feu. Messieurs des Finances, allumez du feu. Oh ! Ah ! Oh ! Je suis mort. C'est au moins un coup de canon que j'ai reçu. Ah ! mon Dieu, pardonnez-moi mes péchés. Oui, c'est bien un coup de canon.

BORDURE

C'est un coup de pistolet chargé à poudre.

PÈRE UBU

Ah ! tu te moques de moi ! Encore ! À la pôche ! *(Il se rue sur lui et le déchire.)*

LE GÉNÉRAL LASCY

Père Ubu, nous avançons partout.

PÈRE UBU

Je le vois bien, je n'en peux plus, je suis criblé de coups de pied, je voudrais m'asseoir par terre, Oh ! ma bouteille.

LE GÉNÉRAL LASCY

Allez prendre celle du Czar, Père Ubu.

PÈRE UBU

Eh ! j'y vais de ce pas. Allons ! Sabre à merdre, fais ton office, et toi, croc à finances, ne reste pas en arrière. Que le bâton à physique travaille d'une généreuse émulation et partage avec le petit bout de bois l'honneur de massacrer, creuser et exploiter l'Empereur moscovite. En avant. Monsieur notre cheval à finances ! *(Il se rue sur le Czar.)*

UN OFFICIER RUSSE

En garde, Majesté !

PÈRE UBU

Tiens, toi ! Oh ! aïe ! Ah ! mais tout de même. Ah ! monsieur, pardon, laissez-moi tranquille. Oh ! mais, je n'ai pas fait exprès !

(Il se sauve. Le Czar le poursuit.)

PÈRE UBU

Sainte Vierge, cet enragé me poursuit ! Qu'ai-je fait, grand Dieu ! Ah ! bon, il y a encore le fossé à repasser. Ah ! je le sens derrière moi et le fossé devant ! Courage, fermons les yeux.

(Il saute le fossé. Le Czar y tombe.)

LE CZAR

Bon, je suis dedans.

POLONAIS

Hurrah ! le Czar est à bas !

PÈRE UBU

Ah ! j'ose à peine me retourner ! Il est dedans. Ah ! c'est bien fait et on tape dessus. Allons, Polonais, allez-y à tour de bras, il a bon dos le misérable ! Moi je n'ose pas le regarder ! Et cependant notre prédiction s'est complètement réalisée, le bâton à physique a fait merveilles et nul doute que je ne l'eusse complètement tué si une inexplicable terreur n'était venue combattre et annuler en nous les effets de notre courage. Mais nous avons dû soudainement tourner casaque, et nous n'avons dû notre salut qu'à notre habileté comme cavalier ainsi qu'à la solidité des jarrets de notre cheval à finances, dont la rapidité n'a d'égale que la solidité et dont la légèreté fait la célébrité, ainsi qu'à la profondeur du fossé qui s'est trouvé fort à propos sous les pas de l'ennemi de nous l'ici présent Maître des Phynances. Tout ceci est fort beau, mais personne ne m'écoute. Allons ! bon, ça recommence !

(Les Dragons russes font une charge et délivrent le Czar.)

LE GÉNÉRAL LASCY

Cette fois, c'est la débandade.

PÈRE UBU

Ah ! voici l'occasion de se tirer des pieds. Or donc, Messieurs les Polonais, en avant ! ou plutôt en arrière !

POLONAIS

Sauve qui peut !

PÈRE UBU

Allons ! en route. Quel tas de gens, quelle suite, quelle multitude, comment me tirer de ce gâchis ? *(Il est bousculé.)* Ah ! mais toi ! fais attention, ou tu vas expérimenter la bouillante valeur du Maître des Finances. Ah ! il est parti, sauvons-nous et vivement pendant que Lascy ne nous voit pas. *(Il sort, ensuite on voit passer le Czar et l'Armée russe poursuivant les Polonais.)*

Scène V

Une caverne en Lithuanie (il neige.)
PÈRE UBU, PILE, COTICE

PÈRE UBU

Ah ! le chien de temps, il gèle à pierre à fendre et la personne du Maître des Finances s'en trouve fort endommagée.

PILE

Hon ! Monsieuye Ubu, êtes-vous remis de votre terreur et de votre fuite ?

PÈRE UBU

Oui ! je n'ai plus peur, mais j'ai encore la fuite.

COTICE *(à part)*

Quel pourceau.

PÈRE UBU

Eh ! sire Cotice, votre oneille, comment va-t-elle ?

COTICE

Aussi bien, Monsieuye, qu'elle peut aller tout en allant très mal. Par conséquent de quoye, le plomb la penche vers la terre et je n'ai pu extraire la balle.

PÈRE UBU

Tiens, c'est bien fait ! Toi, aussi, tu voulais toujours taper les autres. Moi j'ai déployé la plus grande valeur, et sans m'exposer j'ai massacré quatre ennemis de ma propre main, sans compter tous ceux qui étaient déjà morts et que nous avons achevés.

COTICE

Savez-vous, Pile, ce qu'est devenu le petit Rensky ?

PILE

Il a reçu une balle dans la tête.

PÈRE UBU

Ainsi que le coquelicot et le pissenlit à la fleur de leur âge sont fauchés par l'impitoyable faux de l'impitoyable faucheur qui fauche impitoyablement leur pitoyable binette, — ainsi le petit Rensky a fait le coquelicot, il s'est fort bien battu cependant, mais aussi il y avait trop de Russes.

PILE ET COTICE

Hon, Monsieuye !

UN ÉCHO

Hhrron !

PILE

Qu'est-ce ? Armons-nous de nos lumelles.

PÈRE UBU

Ah, non ! par exemple, encore des Russes, je parie ! J'en ai assez ! et puis c'est bien simple, s'ils m'attrapent je les fous à la poche.

Scène VI

LES MÊMES, entre UN OURS

COTICE

Hon, Monsieuye des Finances !

PÈRE UBU

Oh ! tiens, regardez donc le petit toutou. Il est gentil, ma foi.

PILE

Prenez garde ! Ah ! quel énorme ours : mes cartouches !

PÈRE UBU

Un ours ! Ah ! l'atroce bête. Oh ! pauvre homme, me voilà mangé. Que Dieu me protège. Et il vient sur moi. Non, c'est Cotice qu'il attrape. Ah ! je respire. (*L'Ours se jette sur Cotice. Pile l'attaque à coups de couteau. Ubu se réfugie sur un rocher.)*

COTICE

À moi, Pile ! à moi ! au secours, Monsieuye Ubu !

PÈRE UBU

Bernique ! Débrouille-toi, mon ami : pour le moment, nous faisons notre Pater Noster. Chacun son tour d'être mangé.

PILE

Je l'ai, je le tiens.

COTICE

Ferme, ami, il commence à me lâcher.

PÈRE UBU

Sanctificetur nomen tuum.

COTICE

Lâche bougre !

PILE

Ah ! il me mord ! Ô Seigneur, sauvez-nous, je suis mort.

PÈRE UBU

Fiat voluntas tua.

COTICE

Ah ! j'ai réussi à le blesser.

PILE

Hurrah ! il perd son sang.

(Au milieu des cris des Palotins, l'Ours beugle de douleur et Ubu continue à marmotter.)

COTICE

Tiens-le ferme, que j'attrape mon coup-de-poing explosif.

PÈRE UBU

Panem nostrum quotidianum da nobis hodie.

PILE

L'as-tu enfin, je n'en peux plus.

PÈRE UBU

Sicut et nos dimittimus debitoribus nostris.

COTICE

Ah ! je l'ai. *(Une explosion retentit et l'Ours tombe mort.)*

PILE ET COTICE

Victoire !

PÈRE UBU

Sed libera nos a malo. Amen. Enfin, est-il bien mort ? Puis-je descendre de mon rocher ?

PILE *(avec mépris)*

Tant que vous voudrez.

PÈRE UBU *(descendant)*

Vous pouvez vous flatter que si vous êtes encore vivants et si vous foulez encore la neige de Lithuanie, vous le devez à la vertu magnanime du Maître des Finances, qui s'est évertué, échiné et égofillé à débiter des patenôtres pour votre salut, et qui a manié avec autant de courage le glaive spirituel de la prière que vous avez manié avec adresse le temporel de l'ici présent Palotin Cotice coup-de-poing explosif. Nous avons même poussé plus loin notre dévouement, car nous n'avons pas hésité à monter sur un rocher fort haut pour que nos prières aient moins loin à arriver au ciel.

PILE

Révoltante bourrique.

PÈRE UBU

Voici une grosse bête. Grâce à moi, vous avez de quoi souper. Quel ventre, messieurs ! Les Grecs y auraient été plus à l'aise que dans le cheval de bois, et peu s'en est fallu, chers amis, que nous n'ayons pu aller vérifier de nos propres yeux sa capacité intérieure.

PILE

Je meurs de faim. Que manger ?

COTICE

L'ours !

PÈRE UBU

Eh ! pauvres gens, allez-vous le manger tout cru ? Nous n'avons rien pour faire du feu.

PILE

N'avons-nous pas nos pierres à fusil ?

PÈRE UBU

Tiens, c'est vrai. Et puis il me semble que voilà non loin d'ici un petit bois où il doit y avoir des branches sèches. Va en chercher, Sire Cotice. *(Cotice s'éloigne à travers la neige.)*

PILE

Et maintenant, Sire Ubu, allez dépecer l'ours.

PÈRE UBU

Oh non ! Il n'est peut-être pas mort. Tandis que toi, qui es déjà à moitié mangé et mordu de toutes parts, c'est tout à fait dans ton rôle. Je vais allumer du feu en attendant qu'il apporte du bois. *(Pile commence à dépecer l'ours.)*

PÈRE UBU

Oh, prends garde ! il a bougé.

PILE

Mais, Sire Ubu, il est déjà tout froid.

PÈRE UBU

C'est dommage, il aurait mieux valu le manger chaud. Ceci va procurer une indigestion au Maître des Finances.

PILE *(à part)*

C'est révoltant.

(Haut.) Aidez-nous un peu, Monsieur Ubu, je ne puis faire toute la besogne.

PÈRE UBU

Non, je ne veux rien faire, moi ! Je suis fatigué, bien sûr !

COTICE *(rentrant)*

Quelle neige, mes amis, on se dirait en Castille ou au pôle Nord. La nuit commence à tomber. Dans une heure il fera noir. Hâtons-nous pour voir encore clair.

PÈRE UBU

Oui, entends-tu, Pile ? hâte-toi. Hâtez-vous tous les deux ! Embrochez la bête, cuisez la bête, j'ai faim, moi !

PILE

Ah, c'est trop fort, à la fin ! Il faudra travailler ou bien tu n'auras rien, entends-tu, goinfre !

PÈRE UBU

Oh ! ça m'est égal, j'aime autant le manger tout cru, c'est vous qui serez bien attrapés. Et puis j'ai sommeil, moi !

COTICE

Que voulez-vous, Pile ? Faisons le dîner tout seuls. Il n'en aura pas, voilà tout. Ou bien on pourra lui donner les os.

PILE

C'est bien. Ah, voilà le feu qui flambe.

PÈRE UBU

Oh ! c'est bon ça, il fait chaud maintenant. Mais je vois des Russes partout. Quelle fuite, grand Dieu ! Ah ! *(Il tombe endormi.)*

COTICE

Je voudrais savoir si ce que disait Rensky est vrai, si la Mère Ubu est vraiment détrônée. Ça n'aurait rien d'impossible.

PILE

Finissons de faire le souper.

COTICE

Non, nous avons à parler de choses plus importantes. Je pense qu'il serait bon de nous enquérir de la véracité de ces nouvelles.

PILE

C'est vrai, faut-il abandonner le Père Ubu ou rester avec lui ?

COTICE

La nuit porte conseil. Dormons, nous verrons demain ce qu'il faut faire.

PILE

Non, il vaut mieux profiter de la nuit pour nous en aller.

COTICE

Partons, alors.

(Ils partent.)

Scène VII

UBU *parle en dormant*

Ah ! Sire Dragon russe, faites attention, ne tirez pas par ici, il y a du monde. Ah ! voilà Bordure, qu'il est mauvais, on dirait un ours. Et Bougrelas qui vient sur moi ! L'ours, l'ours ! Ah ! le voilà à bas ! qu'il est dur, grand Dieu ! Je ne veux rien faire, moi ! Va-t'en, Bougrelas ! Entends-tu, drôle ? Voilà Rensky maintenant, et le Czar ! Oh ! ils vont me battre. Et la Rbue. Où as-tu pris tout cet or ? Tu m'as pris mon or, misérable, tu as été farfouiller dans mon tombeau qui est dans la cathédrale de Varsovie, près de la Lune. Je suis mort depuis longtemps, moi, c'est Bougrelas qui m'a tué et je suis enterré à Varsovie près de Vladislas le Grand, et aussi à Cracovie près de Jean Sigismond, et aussi à Thorn dans la casemate avec Bordure ! Le voilà encore. Mais va-t'en, maudit ours. Tu ressembles à Bordure. Entends-tu bête de Satan ? Non, il n'entend pas, les Salopins lui ont coupé les oneilles. Décervelez, tudez, coupez-les oneilles, arrachez la finance et buvez jusqu'à la mort, c'est la vie des Salopins, c'est le bonheur du Maître des Finances.

(Il se tait et dort.)

Fin du Quatrième Acte.

Acte Cinquième

Scène Première

Il fait nuit. LE PÈRE UBU dort. Entre LA MÈRE UBU sans le voir. L'obscurité est complète.

MÈRE UBU

Enfin, me voilà à l'abri. Je fuis seule ici, ce n'est pas dommage, mais quelle course effrénée : traverser toute la Pologne en quatre jours ! Tous les malheurs m'ont assaillie à la fois. Aussitôt partie cette grosse bourrique, je vais à la crypte m'enrichir. Bientôt après je manque d'être lapidée par ce Bougrelas et ces enragés. Je perds mon cavalier le Palotin Giron qui était si amoureux de mes attraits qu'il se pâmait d'aise en me voyant, et même, m'a-t-on assuré, en ne me voyant pas, ce qui est le comble de la tendresse. Il se serait fait couper en deux pour moi, le pauvre garçon. La preuve, c'est qu'il a été coupé en quatre par Bougrelas, Pif paf pan ! Ah ! je pense mourir. Ensuite donc je prends la fuite poursuivie par la foule en fureur. Je quitte le palais, j'arrive à la Vistule, tous les ponts étaient gardés. Je passe le fleuve à la nage, espérant ainsi lasser mes persécuteurs. De tous côtés la noblesse se rassemble et me poursuit. Je manque mille fois périr, étouffée dans un cercle de Polonais acharnés à me perdre. Enfin je trompai leur fureur, et après quatre jours de courses dans la neige de ce qui fut mon royaume j'arrive me réfugier ici. Je n'ai ni bu ni mangé ces quatre jours, Bougrelas me serrait de près… Enfin me voilà sauvée. Ah ! je suis morte de fatigue et de froid. Mais je voudrais bien savoir ce qu'est devenu mon gros polichinelle, je veux dire mon très respectable époux. Lui en ai-je pris, de la finance. Lui en ai-je volé, des rixdales. Lui en ai-je tiré, des carottes. Et son cheval à finances qui mourait de faim : il ne voyait pas souvent d'avoine, le pauvre diable. Ah ! la bonne histoire. Mais hélas ! j'ai perdu mon trésor ! Il est à Varsovie, ira le chercher qui voudra.

PÈRE UBU *(commençant à se réveiller)*

Attrapez la Mère Ubu, coupez les oneilles !

MÈRE UBU

Ah ! Dieu ! Où suis-je ? Je perds la tête. Ah ! non, Seigneur !
Grâce au ciel j'entrevoi
Monsieur le Père Ubu qui dort auprès de moi.
Faisons la gentille. Eh bien, mon gros bonhomme, as-tu bien dormi ?

PÈRE UBU

Fort mal ! Il était bien dur cet ours ! Combat des voraces contre les coriaces, mais les voraces ont complètement mangé et dévoré les coriaces, comme vous le verrez quand il fera jour : entendez-vous, nobles Palotins !

MÈRE UBU

Qu'est-ce qu'il bafouille ? Il est encore plus bête que quand il est parti. À qui en a-t-il ?

PÈRE UBU

Cotice, Pile, répondez-moi, sac à merdre ! Où êtes-vous ? Ah ! j'ai peur. Mais enfin on a parlé. Qui a parlé ? Ce n'est pas l'ours, je suppose. Merdre ! Où sont mes allumettes ? Ah ! je les ai perdues à la bataille.

MÈRE UBU *(à part)*

Profitons de la situation et de la nuit, simulons une apparition surnaturelle et faisons-lui promettre de nous pardonner nos larcins.

PÈRE UBU

Mais, par saint Antoine ! on parle. Jambedieu ! Je veux être pendu !

MÈRE UBU *(grossissant sa voix)*

Oui, monsieur Ubu, on parle, en effet, et la trompette de l'archange qui doit tirer les morts de la cendre et de la poussière finale ne parlerait pas autrement ! Écoutez cette voix sévère. C'est celle de saint Gabriel qui ne peut donner que de bons conseils.

PÈRE UBU

Oh ! ça, en effet !

MÈRE UBU

Ne m'interrompez pas ou je me tais et c'en fera fait de votre giborgne !

PÈRE UBU

Ah ! ma gidouille ! Je me tais, je ne dis plus mot. Continuez, madame l'Apparition !

MÈRE UBU

Nous disions, monsieur Ubu, que vous étiez un gros bonhomme !

PÈRE UBU

Très gros, en effet, ceci est juste.

MÈRE UBU

Taisez-vous, de par Dieu !

PÈRE UBU

Oh ! les anges ne jurent pas !

MÈRE UBU *(à part)*

Merdre ! *(Continuant)* Vous êtes marié, Monsieur Ubu.

PÈRE UBU

Parfaitement, à la dernière des chipies !

MÈRE UBU

Vous voulez dire que c'est une femme charmante.

PÈRE UBU

Une horreur. Elle a des griffes partout on ne sait par où la prendre.

MÈRE UBU

Il faut la prendre par la douceur, sire Ubu, et si vous la prenez ainsi vous verrez qu'elle est au moins l'égale de la Vénus de Capoue.

PÈRE UBU

Oui dites-vous qui a des poux ?

MÈRE UBU

Vous n'écoutez pas, monsieur Ubu : prêtez-nous une oreille plus attentive. *(À part.)* Mais hâtons-nous, le jour va se lever. Monsieur Ubu, votre femme est adorable et délicieuse, elle n'a pas un seul défaut.

PÈRE UBU

Vous vous trompez, il n'y a pas un défaut qu'elle ne possède.

MÈRE UBU

Silence donc ! Votre femme ne vous fait pas d'infidélités !

PÈRE UBU

Je voudrais bien voir qui pourrait être amoureux d'elle. C'est une harpie !

MÈRE UBU

Elle ne boit pas !

PÈRE UBU

Depuis que j'ai pris la clé de la cave. Avant, à sept heures du matin elle était ronde et elle se parfumait à l'eau-de-vie. Maintenant qu'elle se parfume à l'héliotrope elle ne sent pas plus mauvais. Ça m'est égal, Mais maintenant il n'y a plus que moi à être rond !

MÈRE UBU

Sot personnage !-Votre femme ne vous prend pas votre or.

PÈRE UBU

Non, c'est drôle !

MÈRE UBU

Elle ne détourne pas un sou !

PÈRE UBU

Témoin monsieur notre noble et infortuné cheval à Phynances, qui, n'étant pas nourri depuis trois mois, a dû faire la campagne entière traîné par la bride à travers l'Ukraine. Aussi est-il mort à la tâche, la pauvre bête !

MÈRE UBU

Tout ceci sont des mensonges, votre femme est un modèle et vous quel monstre vous faites !

PÈRE UBU

Tout ceci sont des vérités. Ma femme est une coquine et vous quelle andouille vous faites !

MÈRE UBU

Prenez garde, Père Ubu.

PÈRE UBU

Ah ! c'est vrai, j'oubliais à qui je parlais. Non, je n'ai pas dit ça !

MÈRE UBU

Vous avez tué Venceslas.

PÈRE UBU

Ce n'est pas ma faute, moi, bien sur. C'est la Mère Ubu qui a voulu.

MÈRE UBU

Vous avez fait mourir Boleslas et Ladislas.

PÈRE UBU

Tant pis pour eux ! Ils voulaient me taper !

MÈRE UBU

Vous n'avez pas tenu votre promesse envers Bordure et plus tard vous l'avez tué.

PÈRE UBU

J'aime mieux que ce soit moi que lui qui règne en Lithuanie. Pour le moment ça n'est ni l'un ni l'autre. Ainsi vous voyez que ça n'est pas moi.

MÈRE UBU

Vous n'avez qu'une manière de vous faire pardonner tous vos méfaits.

PÈRE UBU

Laquelle ? Je suis tout disposé à devenir un saint homme, je veux être évêque et voir mon nom sur le calendrier.

MÈRE UBU

Il faut pardonner à la Mère Ubu d'avoir détourné un peu d'argent.

PÈRE UBU

Eh bien, voilà ! Je lui pardonnerai quand elle m'aura rendu tout, qu'elle aura été bien rossée et qu'elle aura ressuscité mon cheval à finances.

MÈRE UBU

Il en est toqué de son cheval ! Ah ! je suis perdue, le jour se lève.

PÈRE UBU

Mais enfin je suis content de savoir maintenant assurément que ma chère épouse me volait. Je le sais maintenant de source sûre. Omnis a Deo scientia, ce qui veut dire : Omnis, toute ; a Deo science ; scientia, vient de Dieu. Voilà l'explication du phénomène. Mais madame l'Apparition ne dit plus rien. Que ne puisse lui offrir de quoi se réconforter. Ce qu'elle disait était très amusant. Tiens, mais il fait jour ! Ah ! Seigneur, de par mon cheval à finances, c'est la Mère Ubu !

MÈRE UBU *(effrontément)*

Ça n'est pas vrai, je vais vous excommunier.

PÈRE UBU

Ah ! charogne !

MÈRE UBU

Quelle impiété.

PÈRE UBU

Ah ! c'est trop fort. Je vois bien que c'est toi, sotte chipie ! Pourquoi diable es-tu ici ?

MÈRE UBU

Giron est mort et les Polonais m'ont chassée.

PÈRE UBU

Et moi, ce sont les Russes qui m'ont chassé : les beaux esprits se rencontrent.

MÈRE UBU

Dis donc qu'un bel esprit a rencontré une bourrique !

PÈRE UBU

Ah ! eh bien, il va rencontrer un palmipède maintenant.
(Il lui jette l'ours.)

MÈRE UBU *(tombant accablée sous le poids de l'ours.)*

Ah ! grand Dieu ! Quelle horreur ! Ah ! je meurs ! J'étouffe ! il me mord ! Il m'avale ! il me digère !

PÈRE UBU

Il est mort ! grotesque. Oh ! mais, au fait, peut-être que non ! Ah ! Seigneur ! non, il n'est pas mort, sauvons-nous. *(Remontant sur son rocher.)* Pater noster qui es…

MÈRE UBU *(se débarrassant)*

Tiens ! où est-il ?

PÈRE UBU

Ah ! Seigneur ! la voilà encore ! Sotte créature, il n'y a donc pas moyen de se débarrasser d'elle. Est-il mort, cet ours ?

MÈRE UBU

Eh oui, sotte bourrique, il est déjà tout froid. Comment est-il venu ici ?

PÈRE UBU *(confus)*

Je ne sais pas. Ah ! si, je sais ! Il a voulu manger Pile et Cotice et moi je l'ai tué d'un coup de Pater Noster.

MÈRE UBU

Pile, Cotice, Pater Noster. Qu'est-ce que c'est que ça ? il est fou, ma finance !

PÈRE UBU

C'est très exact ce que je dis ! Et toi tu es idiote, ma giborgne !

MÈRE UBU

Raconte-moi ta campagne, Père Ubu.

PÈRE UBU

Oh ! dame, non ! C'est trop long. Tout ce que je sais, c'est que malgré mon incontestable vaillance tout le monde m'a battu.

MÈRE UBU

Comment, même les Polonais ?

PÈRE UBU

Ils criaient : Vive Venceslas et Bougrelas. J'ai cru qu'on voulait m'écarteler. Oh ! les enragés ! Et puis ils ont tué Rensky !

MÈRE UBU

Ça m'est bien égal ! Tu sais que Bougrelas a tué le Palotin Giron !

PÈRE UBU

Ça m'est bien égal ! Et puis ils ont tué le pauvre Lascy !

MÈRE UBU

Ça m'est bien égal !

PÈRE UBU

Oh ! mais tout de même, arrive ici, charogne ! Mets-toi à genoux devant ton maître *(il l'empoigne et la jette à genoux)*, tu vas subir le dernier supplice.

MÈRE UBU

Ho, ho, monsieur Ubu !

PÈRE UBU

Oh ! oh ! oh ! après, as-tu fini ? Moi je commence : torsion du nez, arrachement des cheveux, pénétration du petit bout de bois dans les oneilles, extraction de la cervelle par les talons, lacération du postérieur, suppression partielle ou même totale de la moelle épinière (si au moins ça pouvait lui ôter les épines du caractère, sans oublier l'ouverture de la vessie natatoire et finalement la grande décollation renouvelée de saint Jean-Baptiste, le tout tiré des très saintes Écritures, tant de l'Ancien que du Nouveau Testament, mis en ordre, corrigé et perfectionné par l'ici présent Maître des Finances ! Ça te va-t-il, andouille ?

(Il la déchire.)

MÈRE UBU

Grâce, monsieur Ubu !

(Grand bruit à l'entrée de la caverne.)

Scène II

LES MÊMES, BOUGRELAS se ruant dans la caverne avec ses SOLDATS.

BOUGRELAS

En avant, mes amis ! Vive la Pologne !

PÈRE UBU

Oh ! oh ! attends un peu, monsieur le Polognard. Attends que j'en aie fini avec madame ma moitié !

BOUGRELAS *(le frappant)*

Tiens, lâche, gueux, sacripant, mécréant, musulman !

PÈRE UBU *(ripostant)*

Tiens ! Polognard, soûlard, bâtard, hussard, tartare, calard, cafard, mouchard, savoyard, communard !

MÈRE UBU *(le battant aussi)*

Tiens, capon, cochon, félon, histrion, fripon, souillon, polochon !
(Les Soldats se ruent sur les Ubs, qui se défendent de leur mieux.)

PÈRE UBU

Dieux ! quels renfoncements !

MÈRE UBU

On a des pieds, messieurs les Polonais.

PÈRE UBU

De par ma chandelle verte, ça va-t-il finir, à la fin de la fin ? Encore un ! Ah ! si j'avais ici mon cheval à phynances !

BOUGRELAS

Tapez, tapez toujours.

VOIX AU-DEHORS

Vive le Père Ubé, notre grand financier !

PÈRE UBU

Ah ! les voilà, Hurrah ! Voilà les Pères Ubus. En avant, arrivez, on a besoin de vous, messieurs des Finances !

(Entrent les Palotins, qui se jettent dans la mêlée.)

COTICE

À la porte les Polonais !

PILE

Hon ! nous nous revoyons, Monsieuye des Finances. En avant, poussez vigoureusement, gagnez la porte, une fois dehors il n'y aura plus qu'à se sauver.

PÈRE UBU

Oh ! ça, c'est mon plus fort. Ô comme il tape.

BOUGRELAS

Dieu ! je suis blessé.

STANISLAS LECZINSKI

Ce n'est rien, Sire.

BOUGRELAS

Non, je suis seulement étourdi.

JEAN SOBIESKI

Tapez, tapez toujours, ils gagnent la porte, les gueux.

COTICE

On approche, suivez le monde. Par conséquent de quoye, je vois le ciel.

PILE

Courage, sire Ubu.

PÈRE UBU

Ah ! j'en fais dans ma culotte. En avant, cornegidouille ! Tuez, saignez, écorchez, massacrez, corne d'Ubu ! Ah ! ça diminue !

COTICE

Il n'y en a plus que deux à garder la porte.

PÈRE UBU *(les assommant à coups d'ours)*

Et d'un et de deux ! Ouf ! me voilà dehors ! Sauvons-nous ! suivez, les autres, et vivement !

Scène III

La scène représente la province de Livonie couverte de neige. LES UBS et LEUR SUITE en fuite.

PÈRE UBU

Ah ! je crois qu'ils ont renoncé à nous attraper.

MÈRE UBU

Oui, Bougrelas est allé se faire couronner.

PÈRE UBU

Je ne la lui envie pas, sa couronne.

MÈRE UBU

Tu as bien raison, Père Ubu.
(Ils disparaissent dans le lointain.)

Scène IV

Le pont d'un navire courant au plus près sur la Baltique. Sur le pont le PÈRE UBU et toute sa bande.

LE COMMANDANT

Ah ! quelle belle brise.

PÈRE UBU

Il est de fait que nous filons avec une rapidité qui tient du prodige. Nous devons faire au moins un million de nœuds à l'heure et ces nœuds ont ceci de bon qu'une fois faits ils ne se défont pas. Il est vrai que nous avons vent arrière.

PILE

Quel triste imbécile.

(Une risée arrive, le navire couche et blanchit la mer.)

PÈRE UBU

Oh ! Ah ! Dieu ! nous voilà chavirés. Mais il va tout de travers, il va tomber ton bateau.

LE COMMANDANT

Tout le monde sous le vent, bordez la misaine !

PÈRE UBU

Ah ! mais non, par exemple ! Ne vous mettez pas tous du même côté ! C'est imprudent ça. Et supposez que le vent vienne à changer de côté : tout le monde irait au fond de l'eau et les poissons nous mangeront.

LE COMMANDANT

N'arrivez pas, serrez près et plein !

PÈRE UBU

Si ! Si ! Arrivez. Je suis pressé, moi ! Arrivez, entendez-vous ! C'est ta faute, brute de capitaine, si nous n'arrivons pas. Nous devrions être arrivés. Oh oh, mais je vais commander, moi, alors ! Pare à virer ! À Dieu vat. Mouillez, virez vent devant, virez vent arrière. Hissez les voiles, serrez les voiles, la barre dessus, la barre dessous, la barre à côté. Vous voyez, ça va très bien. Venez en travers à la lame et alors ce sera parfait.

(Tous se tordent, la brise fraîchit.)

LE COMMANDANT

Amenez le grand foc, prenez un ris aux huniers !

PÈRE UBU

Ceci n'est pas mal, c'est même bon ! Entendez-vous, monsieur l'Équipage ? amenez le grand coq et allez faire un tour dans les pruniers.

(Plusieurs agonisent de rire. Une lame embarque.)

PÈRE UBU

Oh ! quel déluge ! Ceci est un effet des manœuvres que nous avons données.

MÈRE UBU et PILE

Délicieuse chose que la navigation.

(Deuxième lame embarque.)

PILE *(inondé)*

Méfiez-vous de Satan et de ses pompes.

PÈRE UBU

Sire garçon, apportez-nous à boire.

(Tous s'installent à boire.)

MÈRE UBU

Ah ! quel délice de revoir bientôt la douce France, nos vieux amis et notre château de Mondragon !

PÈRE UBU

Eh ! nous y serons bientôt, Nous arrivons à l'instant sous le château d'Elseneur.

PILE

Je me sens ragaillardi à l'idée de revoir ma chère Espagne.

COTICE

Oui, et nous éblouirons nos compatriotes des récits de nos aventures merveilleuses.

PÈRE UBU

Oh ! ça, évidemment ! Et moi je me ferai nommer Maître des Finances à Paris.

MÈRE UBU

C'est cela ! Ah ! quelle secousse !

COTICE

Ce n'est rien, nous venons de doubler la pointe d'Elfeneur.

PILE

Et maintenant notre noble navire s'élance à toute vitesse sur les sombres lames de la mer du Nord.

PÈRE UBU

Mer farouche et inhospitalière qui baigne le pays appelé Germanie, ainsi nommé parce que les habitants de ce pays sont tous cousins germains.

MÈRE UBU

Voilà ce que j'appelle de l'érudition, On dit ce pays fort beau.

PÈRE UBU

Ah ! messieurs ! si beau qu'il soit il ne vaut pas la Pologne. S'il n'y avait pas de Pologne il n'y aurait pas de Polonais !

FIN.

FIN